유비쿼터스
디카시 100선

이정완 지음

Ubiquitous

유비쿼터스
디카시
100선

Dica-Poem

이 시집은 독자들에게 자연 속에서 자신의 삶을 되돌아볼 수 있는 시간을
제공하며, 디지털 시대의 속도 속에서 잃어 버린 서정적 감성을 다시금 되
찾게 해 줄 것입니다. 이 시집을 통해 독자 여러분이 자연 속에서 삶의 의미
를 찾고, 그 속에서 더 깊고 가치 있는 인생을 꿈꾸게 되기를 축원합니다.
_프롤로그 중에서

좋은땅

프롤로그

　인간은 오래전부터 자연 속에서 스스로를 발견해 왔습니다. 자연의
순환과 변화는 우리의 삶을 비추는 거울이 되어, 존재의 의미를 깊이
있게 탐구할 수 있는 기회를 제공합니다. 이 시집,『**유비쿼터스 디카시
100선**』은 그러한 자연과 인간의 교차점에서 피어난 시적 사유의
결정체입니다. 자연을 기반으로 한 시적 이미지를 통해 우리의 삶을
다시금 돌아보게 하며, 더 나아가 한국적인 정서와 삶의 가치를 서정적
언어로 풀어낸 작품집입니다.

　디카시(Dica-poem)란 사진과 시의 결합으로 이루어진 독특한 형태의
문학 장르로, 이 작품들은 디지털 카메라의 순간 포착과 시어의 함축적
표현을 통해 현대적 감각과 전통적 시의 깊이를 동시에 담아냅니다.
이는 디지털 시대의 속도감과 자연이 주는 영속성을 결합하여, 빠르게
변해 가는 현대 사회 속에서 한국적 정서를 간직한 채 천천히 걸어가는
길을 제시합니다.

1장. '삶 - 꽃과 식물에서 배우다'는 자연의 미학적 상징을 통해 인생의 진리를 탐구합니다. 치자 꽃, 아카시아 꽃, 그리고 선인장 꽃 등은 각기 다른 특성을 지니고 있지만, 그 모두가 우리의 삶을 투영하는 거울입니다. 치자 꽃의 순백은 마음의 순수함과 깨끗함을, 아카시아 꽃의 강렬한 향은 삶의 순간 속에서 피어나는 강렬한 기억을 떠오르게 합니다. 선인장 꽃은 가혹한 환경 속에서도 피어나는 생명의 강인함을 상징하며, 우리의 고난을 이겨 내는 힘을 은유합니다. 이렇듯, 꽃과 식물의 성장과 소멸 속에서 우리는 인생의 의미를 발견하고, 자연의 이치 속에서 스스로를 위로하게 됩니다.

2장. '삶 - 산책길에서 깨달음을 얻다'는 길 위에서 만나는 자연과 일상의 모습을 통해 삶의 본질을 탐구합니다. 산책길에서 마주하는 자연의 작은 존재들, 이들은 단순한 자연물에 그치지 않고, 그 안에 내재된 깊은 의미를 통해 우리에게 인생의 중요한 깨달음을 전합니다. 산책은 곧 우리의 일상에서 벗어나 스스로와 대면하는 시간이자, 자연 속에서 발견하는 작은 진리들이 우리의 마음에 깊은 울림을 남깁니다. 산책길 위에서 만나는 모든 자연의 풍경은 삶의 잠시 멈춤 속에서 발견할 수 있는 소중한 순간들입니다.

3장. '삶 - 바다처럼 포효하고 싶다'는 바다의 끝없는 수평선에서 자유와 포용의 철학을 배웁니다. 동해 일출의 강렬한 빛과 함께 새롭게 떠오르는 태양은 우리의 삶에 끊임없는 변화를 상징하며, 그 속에서 우리는 다시 시작할 힘을 얻습니다. 양양 하조대 해변의 넓은 바다는 인생의 무한한 가능성을 상징하며, 우리의 삶도 바다처럼 넓고 깊게 확장될 수 있음을 보여 줍니다. 이 장에서 바다는 고요함과 역동성을 동시에 지닌 존재로서, 우리의 삶이 그러하듯 때로는 잔잔하고 때로는 거칠게 몰아칩니다. 이러한 바다의 이미지를 통해 우리는 인생을 더 큰 목소리로 외치고, 강렬하게 살아가고자 하는 열망을 느끼게 됩니다.

4장. '삶 - 산처럼 살고 싶다'에서는 산의 굳건한 존재감을 통해 우리 삶의 고요한 힘을 배웁니다. 설악산, 울산바위, 치악산, 석가산 등은 그 자체로 오랜 시간 속에서 묵묵히 자리를 지켜 온 상징입니다. 산은 그저 높은 봉우리가 아니라, 인간이 도달하고자 하는 이상과 꿈을 나타내는 은유적 공간입니다. 산의 정상에 오르기까지의 험난한 과정은 우리가 삶에서 겪는 도전과 고난을 상징하며, 그 속에서 우리는 더 높은 곳을 향해 나아가게 됩니다. 산처럼 변치 않는 마음을 지니고, 그 안에서 굳건하게 서 있기를 바라는 인생의 소망을 담았습니다.

5장. '삶 - 하늘을 닮고 싶다'에서는 하늘의 넓은 품속에서 무한한 자유를 갈망하는 인간의 마음을 그립니다. 용왕산 용왕정에서 바라본 하늘은 그저 물리적인 공간이 아닌, 인간의 꿈과 소망이 투영된 무한한 공간입니다. 하늘을 바라보며 우리는 더 나은 삶을 추구하고, 그 속에서 자유롭게 비상하고자 하는 열망을 품습니다. 강릉 오죽헌의 하늘 아래에서 우리는 우리의 역사와 전통을 되새기며, 그 속에서 인생의 가치를 되돌아보게 됩니다.

이 시집에서 가장 중요한 특징은 바로 한국적 정서입니다. 한국의 산과 바다, 그리고 그 안에서 피어나는 꽃과 식물들은 우리의 전통적 감수성을 기반으로 삶의 순간들을 섬세하게 표현하고 있습니다. 자연은 단순히 배경이 아닌, 우리의 삶과 밀접하게 연결된 존재로서, 그 안에서 우리는 삶의 진리를 발견하고 스스로를 위로합니다. 한국적 정서는 곧 자연과 인간의 공존 속에서 피어난 결과물이자, 우리의 삶을 더 풍요롭게 만드는 힘입니다.

『유비쿼터스 디카시 100선』은 이러한 한국적 정서와 자연에 대한 깊은 이해를 바탕으로, 현대인의 일상 속에서 발견할 수 있는 순간들을 시적으로 풀어낸 작품집입니다. 이 시집은 독자들에게 자연 속에서 자신의 삶을 되돌아볼 수 있는 시간을 제공하며, 디지털 시대의 속도 속에서 잃어 버린 서정적 감성을 다시금 되찾게 해 줄 것입니다. 이 시집을 통해 독자 여러분이 자연 속에서 삶의 의미를 찾고, 그 속에서 더 깊고 가치 있는 인생을 꿈꾸게 되기를 축원합니다.

‖ 목차 ‖

제2장. 삶 - 산책길에서 깨달음을 얻다

제3장. 삶 - 바다처럼 포효하고 싶다

제4장. 삶 - 산처럼 살고 싶다

제5장. 삶 - 하늘을 닮고 싶다

제1장

삶 –
꽃과 식물에서 배우다

Ubiquitous Dica-Poem

치자 꽃이 피어나던 그 봄날

치자 꽃 봄의 숨결 속 하얀 꿈

바람이 속삭이며 꽃잎을 감싸고

순결한 꽃잎에 시간이 스며들어

강물처럼 잔잔히 흐르며 지나가도

맑은 봄날의 기억 속에 다시 피어나네

치자 꽃이 가르쳐 준 순백의 삶

치자 꽃 하얀 숨결로 스며들어
삶은 고운 물결처럼 번져 가고
흔적 없는 바람도 향기를 남기듯
고요히 피어나는 흰빛 마음이
맑은 세상 속에 우리의 길을 비추네

치자 꽃의 향기 마음을 물들이다

치자 꽃 향기 바람에 실려

순결의 빛 마음에 스며들고

짧은 생애 속 찬란한 꽃잎

풍성한 순간들 기억 속에 떠오르네

치자 꽃 속에서 인생의 깊이를 깨우다

치자 꽃 속에 남은 어머니의 미소

치자 꽃 하얀 숨결에 미소가 피어나
바람 끝에 어머니 손길처럼 스미고
따스한 향기 가슴속 깊이 적시면
흩어진 기억이 꽃잎 되어 돌아와
시간의 강물 위로 고요히 흐른다

치자 꽃 과거를 부르다

치자 꽃 그리움에 젖은 향이
흰빛 추억이 속삭이듯 흐르면
잊힌 날들이 물결처럼 피어나
고요한 향기 속에 시간도 멈춰
삶의 흔적마저 고요히 빛나네

선인장 꽃 고요 속의 강함

황량한 모래 위 작은 숨결

가시 속에 담긴 깊은 고요

잿빛 땅에서 피어나는 생명

역경을 뚫고 드러낸 순수의 빛

선인장 꽃 내 삶을 일깨우다

선인장 꽃 외로움 속의 빛

황량한 사막의 고요한 정원

가시 사이 숨겨진 별빛의 흔적

메마른 땅에서 그리움 피어나

어둠을 뚫고 스며드는 은은한 빛

선인장 침묵 속에서 내 마음을 밝히다

선인장의 무언의 가르침

모래와 바람 속 묵묵히 서 있는
가시로 감싼 작은 별 비밀의 속삭임
광야의 먼지 속에서 피어난 그 꽃
하늘을 향해 미세한 빛을 펼치며
침묵 속에 지혜를 속삭이는 선인장

선인장 가시 속에 숨어 있는 아름다움

바람에 흔들리는 가시 속에서
작은 꽃봉오리 은밀히 깨어나고
황량한 땅에 피어난 무언의 노래
땅의 숨결 속에 가려진 진주
가시 너머 숨겨진 빛의 속삭임

선인장 꽃 사막에서 배운 진리

사막의 모래 위에서
가시 속 한 송이 꽃이 숨 쉬고
바람에 실려 온 고독의 노래
고요한 땅에 퍼지는 희망의 속삭임
뿌리 깊은 곳에서 소리치는 생명

행운목 꽃 소리 없는 가르침

행운목 고요히 펼치는 꽃잎

바람 속에 담긴 깊은 숨결로

순백의 빛 삶의 깨끗한 순간을 새기고

풍요의 그늘 속에서 빛을 품어 내며

소리 없는 교훈 속에 삶의 깊이를 더하네

행운목 꽃 침묵의 지혜

행운목 침묵 속에서 고요히 피어나
순백의 빛 삶의 맑은 순간을 드리우고
풍요의 그늘 속에서도 변함없이 빛나
침묵의 속삭임에
삶의 깊은 진리를 담는다

행운목 꽃 인생의 깊이를 묻다

행운목 고요히 꽃잎을 열어

바람 속에 감춰진 깊은 물음을 던지고

순백의 빛 인생의 깊이를 드러내며

그늘 속에서도 꿋꿋이 자리하고

침묵 속에 지혜의 깊이를 담아내네

행운목 꽃 속에 숨겨진 이야기

행운목 꽃잎 속 숨겨진 비밀들
바람결에 실려 조용히 흘러나와
순백의 빛 인생의 깊은 이야기를 품고
그늘 속에서도 고요히 반짝여
침묵 속에 지혜의 이야기 흐르네

작약 꽃잎 속의 인생 이야기

작약 꽃 풍성한 꽃잎을 펼치며
세월의 흐름을 담아내는 삶의 교훈
붉은 자태에 숨겨진 풍요의 순간들
햇살 속에 드러나는 역경의 아름다움
꽃잎마다 새겨진 인생의 깊은 이야기

더덕 꽃 속에 숨겨진 고요

더덕 꽃 산의 비밀을 품고서
묵묵히 꽃잎을 열어 바람의 노래를 듣고
꽃봉오리 속 고요한 속삭임 속에 피어나
짧은 삶의 순간 빛나는 여백으로 스며들며
더덕 꽃 인생의 깊이를 닮아 가네

야생화 자유를 노래하다

들녘의 야생화 바람에 실려 흩날리며
풀밭 깊숙이 숨겨진 자유의 춤
순간의 찬란함 속에 감춰진 진실
자유의 향기를 세상에 전하며
고독한 속삭임으로 인생의 가치를 노래하네

아카시아 꽃이 전하는 고백

하얀 아카시아 바람에 속삭이는 꿈

순간을 덮는 그 빛 깊은 여운의 노래

순수한 향기 맑은 마음의 고백

세월의 흐름 속에서 피어난 아름다움

인생의 깊은 진리를 꽃으로 풀어내네

개나리 꽃잎에 담긴 봄날의 속삭임

개나리 꽃잎 봄바람 속에 별처럼 반짝이고

황금빛 속삭임이 새벽을 물들인다

짧은 삶 속 깊은 아름다움

그 속에서 인생의 비밀을 속삭이며

자연의 가르침을 조용히 풀어놓는다

야생화 혼자서도 아름다운 존재

황량한 들판의 한 모서리
바람에 몸을 맡기고
야생화는 홀로 꽃을 피워서
혼자서도 삶의 진리를 속삭이고
자신의 빛으로 세상에 말을 걸어오네

제2장

삶 –
산책길에서
깨달음을 얻다

면양 송순 옛 시인의 발자취를 따라

비 내린 돌에 적신 시인의 숨결
이끼가 묻은 구절에 물든 발걸음
바람 속에 사라지는 옛말을 쫓다
한 잎 낙엽에 실린 세월의 속삭임
고요한 시 비석 끝에서 반짝이는 깨달음

정철 시 비석에 새겨진 고독의 미학

바람은 돌 틈새로 시인의 숨결을 흩뿌리고
비 젖은 글귀마다 세월의 향이 스며들며
은빛 달빛은 죽녹원 어둠에 조용히 내려앉고
그 고요 속에서 꽃피는 삶의 의미는
고독이란 이름으로 피어난다

고인돌 아래의 침묵 속 진리

돌은 숨죽인 채로 세월을 안고 있고
풀잎 사이를 건너는 잔바람의 낮은 속삭임
그 침묵 속에 감춰진 진리의 조각들
땅 깊이 묻힌 채로 천천히 깨어나는 깨달음
시간 위에 흔적처럼 남는다

최명희 문학관 그 안에 숨은 이야기

세월의 책장에 묻힌 바람의 노래
빛 바랜 페이지에 스며든 시간의 숨결
햇살이 스미며 오래된 글귀를 깨우면
고요한 방에 잠든 이야기들이 소생해
삶의 궤적을 은빛으로 새긴다

정읍사 산책길의 오후

정읍사 길목에 내려앉은 오후의 햇살
나무 그늘 속 흐르는 시간의 속삭임
청량한 공기 속에 숨은 시의 향기
바람에 실린 그리움이 나뭇잎에 스며
삶의 진리를 은은하게 드러낸다

해수관음상 앞에서 멈춘 시간

해수관음상 앞에 서면 시간의 흐름이 멈추고
대리석의 고요 속에 바람이 스며들며
관음의 자비로운 시선이 길을 열어
그늘 속에서 잠든 깨달음이 일어나
관음의 숨결이 삶의 의미를 드러낸다

표지판이 가리키는 인생의 갈림길

표지판이 가리키는 길목

바람의 노래가 들려오고

낙엽이 흩날리며 세월의 발자국을 남기네

산길 정상에서 마주하는 세 갈래의 길

그 길 위에 내면의 시선이 길을 밝힌다

풍혈산의 돌길에서 찾은 흔적

풍혈산 돌길에 발자국 남기며

바위 틈 사이로 스미는 바람의 노래

세월의 숨결이 담긴 돌 위에 새겨진 흔적

그 속에 잠긴 오래된 이야기가 비추고

돌길 끝에서 인생의 깊이를 새롭게 발견한다

풍혈산 산책길에서 만난 약수터

풍혈산 길에서 스미는 약수의 속삭임
맑은 물이 바위 틈으로 스며드는 소리
세월의 숨결을 담은 물속에 숨겨진 비밀
산길에서 맞이한 자연의 고요한 선물
그 안에서 인생의 깊이를 새롭게 음미한다

까치가 전해 준 작은 축복

까치가 전한 축복 바람에 실려
깃털 사이로 흐르는 잔잔한 기운
새의 날갯짓에 담긴 희망의 속삭임
나뭇가지 사이로 퍼지는 기쁨의 노래
그 속에서 인생의 의미를 새긴다

강화도 보문사에 스며든 역사의 흔적

강화도 바람 속에 잠긴 비밀
돌계단에 새겨진 세월의 발자국
여의주에 담아 둔 오래된 이야기
청동 용두 시간의 노래를 담아
인생의 깊은 진리를 읽는다

관모봉 산책길에서 그 속의 기다림

관모봉 숲 속의 고요한 흐름

돌부리 사이로 스며드는 시간의 미소

산길에 묻힌 바람의 속삭임

산 정상에서 피어나는 희망의 씨앗

그 속에서 인생의 깊은 진리를 만난다

석영정에서 만난 작은 평화

석영정에서 만난 작은 평화의 숨결

표지판에 피어난 세월의 조용한 미소

그늘 아래로 스미는 바람의 노래

나무 위 춤추는 햇살의 부드러운 손길

그 속에서 내면의 깊은 평화를 만나다

죽녹원의 대나무 숲길을 걷는 발걸음

대나무 숲길 바람의 속삭임에 실려

풀잎 사이로 흐르는 시간의 속삭임

연못 속에 펼쳐진 세상의 고요

물결에 비친 햇살의 조용한 미소

대나무 그림자 아래 마음의 평화가 스며든다

한탄강 주상 절리 물소리

한탄강 주상 절리 물소리의 청명한 울림
바위 틈 사이로 흐르는 세월의 노래
물길 따라 전해 오는 시간의 속삭임
물결 위에 피어나는 인생의 지혜
그 길에서 삶의 깊은 울림을 느낀다

도심 공원의 벤치에서 마주한 사색

도심의 벤치 그늘 아래 고요히 잠든 시간

바람이 전하는 세월의 속삭임

낙엽의 손길에 담긴 깊은 사색의 순간

도시의 소음 속 마음의 평화

그곳에서 인생의 진실을 마주한다

용왕산 산책길 은행 나무 아래에서

은행 나무 그늘 속 깊은 사색
바람에 실려 오는 노란 잎의 속삭임
용왕산이 품은 고요한 시간의 기운
길 위에 흩어진 삶의 작은 흔적들
그곳에서 인생의 깊은 향기를 맡는다

캠퍼스 산책길에서 피어난 젊음

캠퍼스 길 청춘의 꿈이 흐드러진 그늘
바람이 일으킨 푸른 잎새의 속삭임
계단 위에서 젊음이 피어나는 순간
길 위에 반짝이는 지혜의 별빛처럼
그곳에서 삶의 가치가 새롭게 꽃핀다

국립 공원 표지판에 스며든 하늘의 미소

국립 공원 표지판 하늘의 미소를 담은 이정표
푸른 하늘 아래 그려진 자연의 지도
바람 속에서 들리는 하늘의 속삭임
산과 나무가 엮어 내는 인생의 노래
그곳에서 삶의 진정한 가치가 반짝인다

내소사 전나무 숲길 속 삶의 풍경

전나무 사이로 스미는 바람의 노래
푸른 그림자 속에 담긴 세월의 속삭임
숲이 들려주는 삶의 깊은 소리
자연의 손끝에서 펼쳐진 인생의 무늬
그곳에서 삶의 진리를 온전히 느낀다

제3장

삶 - 바다처럼 포효하고 싶다

Ubiquitous Dica-Poem

양양 하조대 앞바다 끝없는 자유

끝 모를 바다엔 경계도 없고
바람이 부는 대로 마음은 흔들리네
파도가 밀려와 모든 걸 감싸안듯
자유는 바다처럼 넓고 깊어
흩어져 사라진 발자국조차 품어 안는다

하조대 스카이워크 위에서 바라본 바다

발 아래 하늘이 뻗고
끝없이 푸른 바다 가슴속 바람을 불러내네
물결은 고요히 와서 마음을 적시고
삶은 바다처럼 넘치며 비워 가니
내 걸음도 파도에 묻혀 흩어져 간다

하조대 앞바다에서 맞이한 오후

먼 바다서 불어온 바람
내 안에 잔잔한 물결을 일으키고
파도는 말없이 모든 걸 감싸듯이
삶은 흘러 다시 돌아와
내 고요를 품고 사라진다

하조대 해변의 물결 속으로

물결이 발끝을 감싸며 속삭이고
모래는 바람에 실려 잊히는 꿈
파도는 모든 것을 품어 안듯 밀려와
인생도 그렇게 흘러와 다시 돌아가니
바다에 잠시 머물러 나를 감싸네

하조대 해변 모래 위에 새긴 약속

모래 위 발자국 바람에 스러져
파도는 조용히 우리의 약속을 감싸네
끝없이 펼쳐진 바다 삶의 길을 비추고
흘러가는 물결처럼 인생도 다시 돌아오니
바다의 품에서 우리는 자라난다

하조대 등대에서 바라본 꿈

등대의 불빛 어둠을 가르며 길을 밝혀
무한한 꿈의 바다 수평선 저 너머
파도는 나를 감싸며 부드럽게 속삭이고
인생은 그렇게 흘러와 다시 돌아오며
바다의 품에서 희망의 씨앗을 키운다

하조대 등대에서 바라본 인생의 갈림길

등대의 불빛 갈림길에 서서 길을 비추고

파도는 부드럽게 나를 감싸며 속삭여

끝없이 펼쳐진 바다 선택의 풍경이 열려

인생은 흐르는 물결 따라 여러 길로 나뉘고

바다의 품에서 꿈을 찾아 나아간다

충주호 너머로 전해진 바람의 이야기

푸른 산과 물이 한데 어우러진 고요
바람은 속삭이며 잊힌 꿈을 품고
구름은 흘러가며 노래하는 이야기를 전해
인생은 흐르는 물결처럼 갈래를 찾아가고
우리는 삶의 지혜를 배운다

충주호 물길을 따라 흐르는 시간의 조각들

푸른 산과 물이 어우러진 고요한 풍경

물결은 속삭이며 시간의 노래를 엮고

구름은 하늘에 띄운 꿈의 조각들

인생은 물길을 따라 흘러가는 듯

우리는 기억의 씨앗을 심는다

산정호수에 비친 푸른 바람

푸른 산이 물결에 스며드는 고요 속
바람은 수면 위에서 춤추며 노래하고
구름은 산과 물을 품에 안아 흐르며
인생은 바람처럼 스쳐 지나가는 날들
우리는 희망의 씨앗을 심는다

산정호수의 고요한 물살

푸른 산이 물에 기대어 숨을 쉬고
고요한 물살은 세월의 노래를 흘리네
바람은 나뭇잎 사이로 속삭이며
인생은 고요함 속에서 피어나는 이야기
우리는 마음의 평화를 찾는다

산정호수에 반사된 궁예봉

푸른 물결 속에 궁예봉이 은은히 물들고

구름은 수면에 가벼운 숨결을 남기며

햇살은 그 속에 우리의 꿈을 숨겨

인생은 그 반영 속에 진실을 감추고

푸른 물결 위에 궁예봉이 스며든다

한탄강 주상 절리 위로 흐르는 시간

주상 절리 아래에 물줄기가 세월을 속삭이고
바람은 고요 속에 잔잔한 기억을 실어
돌들은 세월의 이야기를 품고 살아
인생은 그 흐름 속에서 꽃을 피우고
우리는 인생의 흔적을 찾는다

채석강 해변에 새겨진 소망

채석강의 퇴적암 세월의 지문을 품고
파도는 소망을 해변에 속삭이며
바람은 희망의 노래로 물결을 타고
인생의 길은 그리움 속에서 빛나고
서로의 마음에 우리는 꿈을 새긴다

채석강 해변에 스며든 기억의 조각들

채석강 퇴적암 세월의 손으로 새긴 이력서

파도는 그리움의 노래를 바람에 실어

해변은 속삭임처럼 기억을 품고

인생의 여정은 파도 속에 빛나며

모든 순간이 모래 위에 피어나는 소중한 꿈

채석강 퇴적암을 걸으며 찾은 마음의 평화

채석강의 바위 세월의 숨결을 담아
파도가 속삭이는 고요한 울림 속에
모래는 발자국을 부드럽게 감싸고
바다의 눈물 삶의 깊이를 비추어
모든 흔적이 평화의 길로 이어지네

채석강 해변을 걷는 발자국

채석강 모래 위에 남긴 발자국
바다의 노래에 귀 기울이며
퇴적암 사이로 흐르는 시간
파도가 지워도 잊지 못할 기억들
채석강에서 인생을 배우네

백사장 해수욕장 노을을 마주하며

백사장 해변 붉은 노을 흘러가고
바다의 속삭임에 시간마저 멈춰
구름은 춤추고 파도는 노래하며
저 멀리 석양 그림자 드리우면
인생의 깊이를 깨닫게 하네

동해의 일출과 함께 떠오른 새로운 희망

수평선 너머 붉은 태양이 부풀어 오르고

어둠을 쪼개는 빛의 날갯짓

파도는 속삭여 내 마음을 감싸네

희망의 물결 깊이 스며드는 꿈

새로운 아침 꿈의 문을 열어 젖히다

낙산사 앞바다에 스며든 고요

고요한 파도 사라지는 햇살의 노래
낙산의 기도 속에 잠든 바다의 정적
부드러운 바람 마음을 감싸 안고
잔잔한 물결 속에 피어나는 평화의 미소
이곳에서 배운다 삶의 깊은 포용이란

제4장

삶 –
산처럼 살고 싶다

설악산에 새겨진 하늘의 기운

설악에선 하늘이 바윗돌에 잠들고
악풍도 산 그림자 앞에 멈추네
산은 세월을 품어 저 혼자만의 길을 내며
에움길에 깃든 고요 속의 강인함으로
삶은 산처럼 묵묵히 안아 주는 것이라

설악의 바람 속에 깃든 시간

설악 첫눈 살며시 산허리에 입 맞추고

악풍마저 그 결에 스치듯 묻히네

산은 묵묵히 품은 시간을 풀어내며

에움길마다 쌓인 눈발 삶의 자국을 감싸니

기다림 속에 삶은 산처럼 깊어지리라

설악산 위로 피어난 가을의 숨결

설악에 첫눈 가을빛 머금은 채 산을 감싸고

바람은 낙엽 끝에서 조용히 숨을 고르네

산은 천천히 하늘을 올려다보며 묵직한 계절을 품고

구름은 발끝을 스치며 흩어져 사라지니

삶은 그 고요 속에서 깊이 여무는 것이라

권금성 너머로 떠오르는 아침 해

권금성 너머 아침 해가 붉은 물감을 쏟고
첫눈은 바위 틈새에 고요히 반짝이며
산은 긴 겨울 숨결을 조용히 내쉬고
구름은 가벼운 발걸음으로 흘러가며
삶은 새벽의 빛 속에서 깊어지리라

외설악에서 맞이한 조용한 아침

외설악의 아침 눈꽃이 속삭이며 피어나고
서리 낀 나뭇잎에 햇살이 부드럽게 스미네
산은 깊은 숨결로 시간을 품고
구름은 가벼운 발걸음으로 스쳐가며
삶은 그 고요 속에서 천천히 자라나는 것이라

외설악 봉우리에서 만난 고독

외설악 봉우리 하얀 눈꽃에 고독이 깃들고
차가운 바람이 마음의 깊은 곳을 스미네
산은 고요히 품은 시간의 무게를 느끼며
눈부신 풍경 속에서 진정한 나를 찾고
삶은 그 고독 속에서 포용의 깊이를 배우리라

설악산 케이블카에서 바라본 세상

설악산 케이블카 하늘과 맞닿는 순간
눈 덮인 세상이 펼쳐져 마음을 열고
구름 속에 숨은 꿈들이 부드럽게 속삭여
높은 곳에서 바라보니 모든 것이 작고 소중해
이 광경 속에서 삶의 포용을 배워 가네

신흥사에서 바라본 외설악 봉우리

신흥사 앞에 선 눈 내린 외설악 봉우리

고요한 아침 하얀 세상에 숨결이 흐르고

산은 묵묵히 과거와 현재를 품에 안고

구름 속 기운이 우리의 마음을 감싸며

이 풍경 속에서 삶의 깊이를 배우네

외설악 절벽 아래의 깊은 침묵

권금성 정상에서 바라본 외설악
초겨울 눈송이가 세상을 감싸안고
절벽 아래 흐르는 깊은 침묵은
시간의 무게를 고요히 지니며
이 고요 속에서 삶의 지혜를 배워 가네

설악동에서 마주한 아침 햇살

설악동의 고요 속 아침 햇살 스며들고
눈 내린 설악산은 은빛으로 반짝여
차가운 공기 속 따스함이 살포시 스며
산의 기운이 마음을 부드럽게 감싸
이 순간에 삶의 깊이를 배우네

외설악 봉우리 따라 흐르는 산의 숨결

설악동의 고요 속 외설악이 일어선다

초겨울의 눈꽃이 은빛으로 피어나

차가운 공기 속에 숨결이 흐르며

깊은 침묵 속에 삶의 진리가 스며들고

이 순간에 포용의 철학을 배운다

설악산 울산바위 아래의 고요

울산바위 아래 초겨울의 눈이 쌓여
고요한 풍경 속 시간은 숨을 죽이고
차가운 바람이 속삭이며 스치고
산의 숨결에 담긴 깊은 진리
이 순간 침묵의 철학을 배우네

울산바위에 새겨진 세월의 흔적

울산바위 봉우리 따라 흐르는 세월의 이야기
차가운 바람 부드럽게 마음을 어루만져
햇살 스며들어 잔잔한 기도를 일으키고
흐르는 시간 속에 숨겨진 깊은 진리
산에서 배우는 포용의 삶이다

대관령의 눈빛 아래에서

대관령의 눈빛 세상의 모든 속삭임

하얀 설원 속에 숨겨진 고요한 숨결

차가운 바람이 품은 따스한 햇살

시간이 멈춘 듯 진리의 깊이에 잠기고

이 풍경 속에서 배우는 포용의 삶이라

대관령에서 맞이한 생명의 숨결

대관령의 눈빛 아래 생명의 속삭임이 흘러
하얀 설원이 품은 고요한 품격
차가운 바람 속에 숨겨진 따스함
멈춘 시간 속에 스며드는 진리
대관령에서 배우는 포용의 철학이여

관모봉 아래에서 찾은 작은 평화

관모봉의 정상 눈부신 빛이 깃들어
푸른 하늘 품에 마음이 스미네
산바람이 부드럽게 마음의 짐을 날려
여기 작은 평화가 포근히 안기네
산의 품속 마음의 평화가 깃드네

석가산 자락에 스며든 고요

석가산 자락 바람의 노래가 스미고
물든 단풍은 가을의 찬가를 부르네
내소사 종소리 고요 속에 울려 퍼지고
눈 감으면 느껴지는 시간의 깊은 흐름
삶의 철학이 이곳에 포근히 숨 쉬네

명성산에서 찾은 마음의 쉼터

명성산 자락에 바람의 속삭임이 흐르고
청평호수 물결 햇살에 빛나 춤추네
구름은 나의 짐을 맡아 쌓이고
소나무 그늘 아래 고요한 숨결
삶의 지혜가 스며드는 이곳

치악산의 안개 속에 피어난 평화

치악의 봉우리에 안개가 흐르고
구름은 마음의 경계를 허물며
희미한 시선 속에 감춰진 빛
자연의 품에서 고요히 숨 쉬며
산의 속삭임이 나를 감싸네

대청봉 일출 밝아 오는 희망의 빛

대청봉의 정수리에서
어둠을 찢고 비치는 붉은 해
구름은 수놓은 자수처럼
새로운 날의 아침을 불러오네
찬란한 빛 삶의 희망을 담아서

제5장

삶 –
하늘을 닮고 싶다

용왕산 용왕정에서 바라본 푸른 하늘

푸른 하늘 그 끝이 어디랴

기둥에 기대어 숨을 고르니

바람은 마음 속 깊은 말을 전하고

구름은 천천히 흘러가듯

내 삶도 그리 흘러가리라

용왕산에서 만난 하늘의 넓이

하늘은 그저 푸르기만 하니 내 마음 비워 주고
바람은 살짝 속삭이며 구름을 따라 흘러가네
그 길 위에 묻히는 발자국은 어느새 사라지고
하늘 가득 펼쳐진 빛 나의 삶도 닮아 가네
넓음 속에 담긴 꿈 그 끝을 향해 나는 걷는다

용왕산에서 맞이한 끝없는 하늘길

하늘길은 멀고도 멀다

바람은 내 어깨를 스친다

구름은 수줍음에 자취를 감추고

정자에 앉아 하늘을 품으니 꿈이 그 속에 깃든다

끝없이 열린 하늘길 오늘도 나는 그 길을 걷는다

용왕산 용왕정에서 흐르는 하늘바람

하늘바람 용왕정에 머물러 내 마음을 씻고
구름은 흘러가듯 나의 생각도 물결처럼 흐른다
푸른 하늘 끝자락 닿고 싶어도 멀기만 한 꿈
산 아래로 시간은 고요히 숨을 고르며 흐르고
바람 따라 내 마음은 가벼운 날개로 날아오른다

용왕산의 아침 하늘을 바라보다

용왕산 하늘 아침 햇살 푸르름을 수놓고
구름 한 점 없이 깨끗한 하늘 내 마음도 맑아지네
빛은 서서히 스며들어 어둠을 벗기고 나를 감싸
하늘을 바라보며 인생의 깊은 교훈을 새기니
끝없는 가능성 속에 내 꿈도 소리 없이 피어나네

내장산의 하늘 아래에서

내장산 하늘 뭉게구름이 나를 감싸고
하얀 구름 사이로 퍼지는 햇살 따스하게
바람은 속삭이듯 내 마음에 여유를 채우고
하늘을 바라보며 삶의 무게를 덜어 내니
구름처럼 흘러가는 꿈 나도 그렇게 살아가리라

내장산 하늘길을 따라 걷다

정읍사 너머 내장산 봉우리 푸르른 하늘
하늘길을 따라 걷는 길 바람이 속삭이네
햇살은 따스히 비추고 내 발걸음 가벼워
구름은 한 줄기 흘러 꿈을 멀리 펼치고
내장산 품속에서 인생의 지혜를 담아 가네

석가산에서 맞이한 하늘의 기운

내소사 처마 끝 하늘은 푸르게 열리고
석가산 바람결이 속삭여 마음 깊이 스며드네
햇살은 살며시 내려 발길을 따스히 품어 주고
구름은 흩어져 먼 꿈길을 조용히 열어 주니
하늘 품에 안긴 채 나는 자연에 젖어 들리라

석가산 능선 너머로 피어오른 하늘

능선 끝에 걸린 하늘 푸른 기운이 번져 가고
바람은 살며시 속삭이며 내 가슴속 깊이 스민다
햇살은 구름 틈새로 부드럽게 내려앉아
꿈을 머금은 구름은 저 멀리 흘러가니
나는 하늘의 길을 따라 마음의 바다로 젖어 든다

설악산의 구름을 타고 흐르는 하늘빛

구름은 설악의 품에 안겨 흘러가고

맑은 바람은 그 길 위에 고요히 머문다

나무들은 하늘을 향해 깊은 숨을 뱉고

바위 틈새에 스며든 햇살은 오래된 약속처럼

나는 그 빛을 따라 내 안의 길을 더듬는다

오죽헌에서 마주한 고요한 푸른빛

푸른빛 하늘을 가득 채우고

대나무 숲에서 바람이 속삭인다

고요한 물결처럼 흘러가는 시간

마음의 안식처에 잔잔한 그림자 드리우고

나는 그 속에서 나를 되찾는다

낙산사에서 맞이한 새벽의 하늘

동해 물결에 새벽빛 스며들고
붉은 태양 수평선에 얼굴을 비춘다
하늘은 불꽃처럼 솟아오르며
꿈들은 그 빛 속에 다시 태어난다
나는 이 찬란함 속에서 길을 새롭게 그린다

설악산 하늘 위로 떠오르는 소망

설악의 능선에서 새벽이 숨 쉬고
금빛 태양이 구름을 뚫고 흐른다
하늘은 희망의 물감으로 물들고
모든 꿈들이 그 속에서 꽃피우니
나는 이 순간 소망을 품에 안는다

오룡산 밤하늘에 깃든 고요한 기운

오룡산 위 밤하늘에 별들이 속삭이며

여의주 물고 구름 사이를 유영하는 용

고요한 기운이 세상을 감싸안고

하늘의 깊은 무게 속에서 우리는

밤하늘의 숨결에 마음을 맡긴다

용왕산 하늘에 담긴 이야기

용왕산 정점 나무 사이로 흐르는
푸른 하늘 구름은 노래의 음표
시간의 숨결이 그림자로 스며들고
자연의 품 안에서 꿈을 꾼다
끝없는 하늘에 나의 이야기를 담아

용왕산 정상에 그려진 하늘의 무늬

용왕산 정상 나무 끝에 걸린 뭉게구름

푸른 하늘은 깊은 꿈의 바다

바람의 노래 나무 사이로 흘러

하늘의 무늬에 내 마음을 새기네

영원의 순간 속에 삶의 철학을 담아

석가산에서 바라본 하늘의 선율

석가산 위 뭉게구름이 흩날리고
푸른 하늘은 깊은 울림으로
하늘의 노래 내 마음을 적시고
구름마다 삶의 철학을 노래하니
이 순간 평온의 여정이 펼쳐지네

명성산 하늘에 새겨진 이름들

명성산 정상 푸른 하늘 펼쳐져
구름 사이로 비치는 속삭임
자연의 선율에 귀 기울이면
산정호수에 비친 나의 꿈
여기서 삶의 지혜가 피어난다

설악산에서 본 무한한 하늘의 끝

눈 덮인 설악의 품에 감춰진 하늘
푸른 그 깊이 맑고 고요한 바다처럼
하얀 햇살이 모든 것을 안아 주고
자연의 숨결이 영혼을 감싸안아
이곳에서 삶의 길을 새로이 발견하네

양양 동해 바다와 맞닿은 하늘

푸른 파도 햇살의 춤사위

끝없이 펼쳐진 하늘 바다의 거울

구름 한 점 없는 이 고요 속

자연의 숨결에서 배운 인생의 지혜

하늘과 바다가 서로를 품는 그곳

유비쿼터스 디카시 100선

초판 1쇄 발행 2024년 11월 12일

지은이   이정완
펴낸이   이기봉
편집   좋은땅 편집팀
펴낸곳   도서출판 좋은땅
주소   서울특별시 마포구 양화로12길 26 지월드빌딩 (서교동 395-7)
전화   02)374-8616~7
팩스   02)374-8614
이메일   gworldbook@naver.com
홈페이지   www.g-world.co.kr

ISBN   979-11-388-3699-9 (03810)

- 가격은 뒤표지에 있습니다.
- 이 책은 저작권법에 의하여 보호를 받는 저작물이므로 무단 전재와 복제를 금합니다.
- 파본은 구입하신 서점에서 교환해 드립니다.